소중한 오늘

소중한 오늘

초판 1쇄 발행 • 2023년 10월 23일

지은이 • 김연수

펴낸이 • 최성훈

펴낸곳 • 작품미디어

신고번호 • 제2020-000047호

주소 • 서울시 동작구 상도로 62가길 15-5(상도동)

메일 • jakpoommedia@gmail.com

블로그 • https://blog.naver.com/cshbulldog

전화 • 010-8991-1060

ISBN • 979-11-975634-8-5 (03810)

소중한 오늘

김연수 시화집

작품미디어

좋은 인연들과 평탄한 삶에 감사하며…

지금 와 돌아보면 결코 짧지 않은 시간,
지나간 기억이 추억 되고 추억이 또 다른 기억 되는
수십 평생을 초심처럼 "끈기와 시작이 반이다"라는
말처럼 살아오다 보니
어느덧 황혼의 그림자가 길게 드리웁니다.

항상 새로운 길로 접어들고 있는 것처럼
강한 마음이 유한 마음으로 변해가는 과정에
그동안 이따금 써오며 모은 글을 감히
세상에 내놓을 생각에까지 이르게 됩니다.

지나온 시간과 기억, 아뜩한 추억을 돌이켜보면
넉넉하지 못한 그 시절을 회상하며
글과 그림을 그리며 힐링할 수 있음에
많은 분도 공감할 수 있다고 생각합니다.

이제 내가 지닌 나름 능력으로 현재,
소중한 인연들과 순탄한 삶에 감사하며
남은 삶 또한 지인들과 뜻있게 살도록
최선을 다하려 합니다.

차 례

제2부 한 그루 지킴이

제4부 온 인생 하루

제1부

가슴이 시킨 대로

정원

몸과 마음 일치함에
인내심 몰입으로

한 작품 탄생이
나의 삶을 꾸미네

멋진 정원은
나만의 세계

왕성한 감정 솟구쳐
영원히 멈추지 못하네

기름진 토양 만들어
풍부한 정원 가꾸어
나의 꿈 이루리

복수초(福壽草)

차가운 눈밭에서
얼굴만
살포시 내민 너는
세상 소식 궁금하여

삼한사온(三寒四溫) 추위에도
아랑곳하지 않고
늠름함을 보여주는
노란빛 너의 얼굴은

순수한 아이처럼
몽글몽글한 느낌
영원한 행복
꿈꾸게 하네

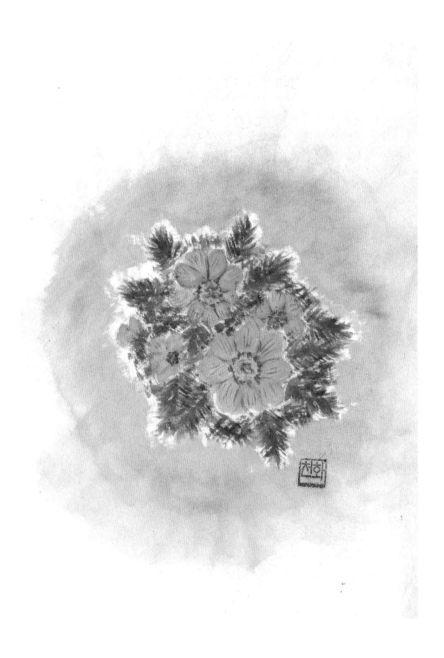

클로버

공원 모퉁이 잔디밭에 앉아
나의 동공은
빛나고 있네

네 잎 클로버는 행운
다섯 잎 클로버는 경제적 번영
여섯 잎 클로버는 지위와 명성
일곱 잎 클로버는 무한한 행복과 장수

돌연변이라 칭하는 클로버는
나에게는 소중한 자료
많은 작품 구성하며
채집하는 즐거움

내 사랑 그곳

희로애락 세월 속에
한 해의 끝자락

지나간 시간 아쉽지만
고요한 숲길에 앉아

살랑살랑 불어오는 솔 향기에
내 마음 맑아지네

내 사랑 그곳
영원히 간직하리…

위대한 탄생

나지막한 벽돌 담 사이
살포시 탄생한 너
오가는 사람의 희망

왜소하지만
늠름하게 서 있는 모습이
큰 나무 같구나

비바람 속에도
흐트러짐 없이 강한 모습에
많은 생각하게 된다

가슴이 시킨 대로

시작이 반이다
재능은 부족해도
가슴이 시킨 대로

인생은 짧으니
도전해 노력으로
출사표를 던져
원하는 나만의
길로 떠나자

인생의 진실은
가슴이 더 정확하게
느껴진다

여행 중 정거장

삶은 여행
급행열차 타고 와
잠시 쉬어가는 정거장

절반의 여행을 마친 지금
남은 목적지는
어떻게 가야 할까?
정할 수는 없지만

마지막 정거장 도착까지
안전하고 멋진 여행이 되려면
나만의 보약이
필요하겠지?

동굴

동굴 속을 헤쳐
바위 사이에 창문

뭉게구름 아래
산수 한 점이
모든 이를 환상에
젖게 하네

타국의 향수
모든 피곤함이
사라지고 힐링 되어
마음 정리되네

버섯

초가을 소나기
퍼붓듯이 내린 후
정거장 나무 밑에
아담하게 솟은 독버섯

여린 너에게 독이라
부르기가 미안하구나
아기 손등처럼 뽀얀 너는
비 그치면 사라지겠지

소나무 꽃

암꽃과 수꽃이 나란히 피는
변하지 않는 사랑

수백 년간 불로장생
노란색과 자주색
우리 민족의 상징 나무

솔 향기에 멈춘 걸음
꽃을 보니 저절로
환호성이 나온다

나를 이어주는 끈

조용한 새벽
내게 손 내미는 끈
나의 가장 좋은 친구

정보와 생각
판단력과 전문가로
인도하는 끈

꿈과 열정, 자존감이
향상되네
내 인생의 멘토는
독서

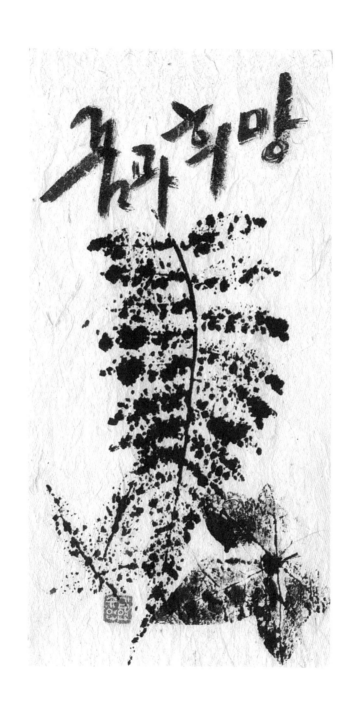

물같이

자연의 순리대로
지혜롭고 유연하게
살아가는 삶

끊임없이 변화해 가는
현실은 혁신
성공의 지름길

각자 선택의 삶
올바른 승리는
나만의 길이겠지

몰입

행복 찾아 즐겁게
몇 시간 훌쩍 지나면
소중한 작품 탄생

모든 생각이 올인
동공과 손이 가볍게
움직여 몰입하면

나만의 꿈과 희망이
펼쳐진다

삶에는 끝이 있지만
배움에는 끝이 없다.

갈대 순정

강한 바람이 불어
이리저리 심하게
흔들리면서도
쉽게 꺾이지 않는
믿음과 신의

뿌리는 노근
줄기는 노경
꽃은 노화로
한약재로

빗자루 햇빛가리개
바구니 등
생활 도구로

갈대밭을 걸으면
드는 생각

유홍초(留紅草)

작은 화단에 곱게
단장한 모습
가까이 가니
더욱더 화려하네

녹색 치마 붉은 저고리
새색시처럼
영원히 사랑스러워
복중 더위도
아랑곳하지 않네

도전은 나의 동력

끝없는 도전
멈추려고 하지만

동력은 계속
발휘하라 하네

인생은 속도가 아니고
방향이라지만

나만의 방향으로
도전하며 최선을
다하며 살아가리

도전은 나의 동력

한 송이 겨울 장미

작은 공원 오솔길
노랑 얼굴에 핑크 연지곤지
홀로 서 있는
한 송이 장미

가던 길 멈추고
찰칵
그 모습 저장

추위도 아랑곳하지 않고
곱게 단장한 그대
누구에게 보이려 하는가

바다 위에 떠 있는 사자

하얀 파도 거품 속에
호소하듯 고개 들고
구원하는 돌사자

차가운 바다에서
힘들다고 소리치지만
누구도 무관심

나만이 사자 얼굴 보이지만
구할 길 없네

제2부

한 그루 지킴이

보리

학창시절 당번 때
보리로 꼿꼿이해
교무실로 가자
국어 선생님께서
보리쌀로 수확해 먹는 게
좋지 않을까?
그 시절엔 깊은 이해
못했는데
새삼 그 시절이 추억으로
떠오른다

한 그루 지킴이

인사동 국밥집 앞에
한 그루 지킴이
우뚝 서 안내하듯
손님들 시선 받고 있네

바람에 쓰러질 듯
약한 가지의
무성하고 화려함에
멈추어 찰칵

작은 꽃잎조차
미소로 띠어주네

만추(晩秋)

온 세상 만추로
너무 고아

떨어진 나뭇잎들
고이고이
책갈피에 넣어

나만의 작품에
동행하자

만추의 그림
나에게 준 선물이
한없이 고맙다

멋진 너
떠나기 전에
후회 없이 마음껏
보고 느끼리

메밀묵 찹쌀떡 외침

겨울밤이면
대문 밖 외침 소리
"메밀묵, 찹쌀떡"
우렁찬 소리

잠들다 깨어
외친 자 불러 먹으면
운 좋은 밤

그 시절
맛있는 야식은
최고

요즘 많은 야식은
비교 불가

장독대 쌓인 눈

밤새 내린 눈길
안전 문자에
문득 스치는 회상

옛날 어린 시절
밤새 소복이 내려
장독대에 쌓인 눈
손으로 뭉쳐
맛보고
눈사람 만들며 놀던
생생한 추억

마음의 친구

가장 좋은 친구
마음도 편안하게

나의 삶의 기품을
주는 멘토

안과 바깥을 아름답게
만들어 주는 친구

책은 나의 성장을
위한 거름이다

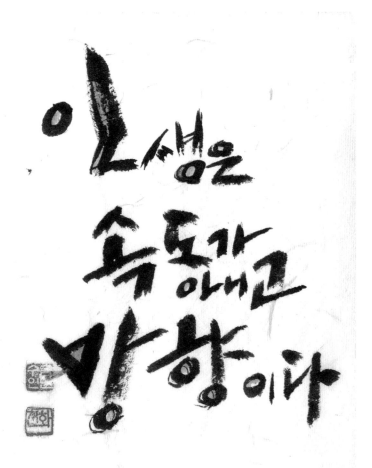

사춘기 마음

중학교 시절
단짝 친구
어렴풋이 생각난다

별 뜻 없이 삐져
말없이 지내다가

잊어버린 친구
사춘기 마음

늘 깊은 마음속
생각나면
그립다

낚시꾼 가족

금요일 새벽이면
가족 나들이

자는 어린 아들
차 태우고
낚시터 자대로
떠난다

컴컴한 새벽길
호수 주변에
진입하면 물 향기가
수박 향기처럼 뿜어

우리 가족을
반기네

고층 아파트

하늘은 가까이
땅은 먼
엘리베이터 타고
내려가야
땅과 소통

23년간 고층 생활
새조차도 실외기에
앉았다 내려가면
볼 수가 없네

비와 눈 날리며
창가에 부딪히는 모습

잠시 시선 멈추고
시를 생각하네

소꿉친구

어쩌다 만나도
똑같은 친구들

수십 년 흘러
모습은 변했어도
마음은 그때 그 시절

어느새 모두가
부모 되어
서로 삶의 길은 달라도
마음은 통하네

동행
평생

다이어트

코로나 때문에
나의 몸 5킬로그램
늘었다

무릎이 조금 불편해
시작한 다이어트

점심만 조심스럽게 먹고
아침저녁은 가볍게

5일 되었지만
다리가 가볍게 느껴진다.

첫날 힘들었으나
차츰, 적응이 된다

다이어트도 굳은

끈기와 정신력이

필요하다

책

우리 집 곳곳에
가장 많은 자리를
차지하고 있는
친구들

우리 세 식구가
많은 꿈을 갖게 해주고
거름이 되어준 친구들

남편과 아들은
책만은 금같이 간직해

공간을 비우려 해도
떠나보낼 수가 없네

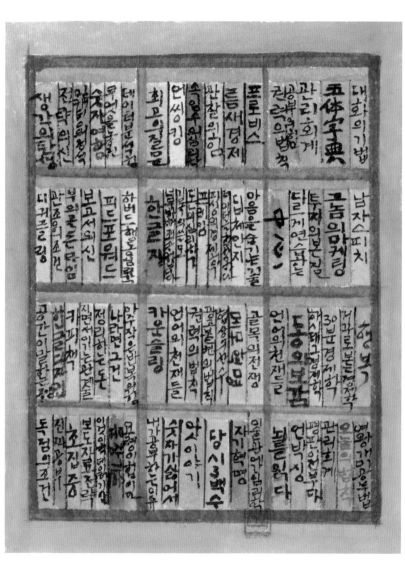

커피 맛 모르는 촌 여인

난 아직 커피의
참맛을 잘 모른다
비싼 커피라 해도
내게는 쓴 커피 맛

피곤하면
3박자 커피 한잔에
해소되는 느낌

커피 한잔에
내 몸 인체 작용이
급해지는 것도
받아들여야 하니

촌 여자라도 좋다

Coffee

교복

나만의 교복
양장점 하는 언니
덕분에

단체 교복점
이용할 수 없어
불만이 많았다

그때는
단체 교복점 교복이
좋아 보이고
나만이 특이한 것 같아
싫었다

언니들 덕분에
어린 시절
맞춤옷 입고 자란 것
당연히 그런 가보다
하고 지냈는데

교복만은 부정적인
생각에 받아들여지지
않았는지

이제야 그 시절
소중한 추억

생일

미리 사는 인생
탄생일 잘못된 관계로
나와 동생은
같은 세대보다
미리 살 수 있다

학창 시절엔
뭐든 나이순대로
해야만 했던

특히 체육 시간
많은 점수가 되어야만
특급이라

집에 돌아오면
부모님께 원망하며
짜증을 내었다

지금엔 좋은 점도

있다고들 하지만

그래도 미리 사는 건

글쎄…

국수

좋아하는 음식 중 하나
없던 시절 먹었던
습관일까?

먹을 거 넉넉지 않고
자란 시절
많은 형제가 자주
먹을 수밖에 없는
끼니였는데

지금도 자주 생각나
먹게 되는 게
멸치국수다

그 시절 맛은
아니지만 좋다

문방사우

이른 새벽이면
좌지우지 움직이게
하는 문방사우

자연스럽게 이끌리면
움직이는 마음
어느새 몰입

나만의 뜻있는
하루가 시작되는
짧은 시간이지만
가벼운 마음이다

욕심

배움의 욕심
항상 솟구쳐

삶의 목적
할 수 있는 것
다해보고 살아가는 것

욕심이라 하지만
나만의 행복

시 한 편 쓰는 것
또한, 나의
욕심이라지만

살아가는 동안
욕심 갖고
살아가리

山清水深

마음이 깨끗하고
욕심이 없어야 모든일이
잘 이루어 진다

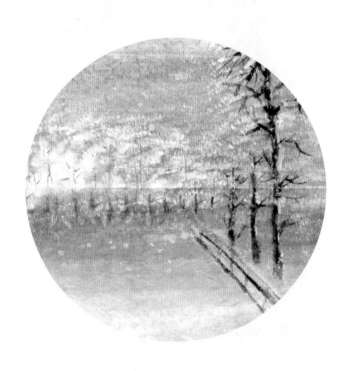

제3부

삶의 정원

소중한 오늘

새벽 다섯 시
하루가 시작
운동과 독서

매일 반복되는 일과지만
다시 돌아오지
않을 시간

소중한 시간
습관적인 나의 몸동작
늘 오늘이다

한 마리 새

한 점 수채화처럼
청명한 하늘
손끝 닿으면 물안개처럼
퍼지는 구름 사이로

새 한 마리 자유로이 날고 있네
어디로 가는가?

유유히 공중을 돌다가
소나무 끝자락에 앉아
님 기다리네

재스민

재스민 진한 향기
온 집 안에 뿜어
명품 향수

바라만 봐도 미소가
절로 나네
꽃 중의 여왕이라
칭하고 싶다

충분한 환경이면
연중 개화하니
더욱 소중하다

서울역 미루나무

시내 중심가에
미루나무들
차창 밖을 스치며 보인
미루나무 꼭대기란
동요가 떠올라

어린 시절
집에서 가까운
냇가 둑의 미루나무 그늘에서
동생들과 놀았던 추억을
잠시 회상하게 된다

많은 오염에도
옛날 미루나무처럼
무성한 잎과 주변 자갈까지도

옛 추억을 떠오르게 하네

남이섬

통통 뱃고동 소리
아담한 작은 섬

오솔길 사이로 우거진 숲
빨간 사과 서로 예쁘게
보이려 하네

산수화 한 폭처럼
다람쥐와 새들도
우리를 반기며 축제를 하네

나뭇가지 사이로
비치는 창공에
더욱 설레는 마음
자연의 향기
듬뿍 담고 가리

아버지

인생을 법 없이도
사는 분이라는
동네 분들 말씀

많은 자식들과 생계를
이끌어 가시려면

선인보다 악인의 평이
어머니가 덜 힘드셨을까?

우리는 항상 어머니 편보다
아버지 편을 들었다

부모 되니 알 것 같네
삶은 선하게만
살 수 없다는 것을

은행잎

만추를 더욱 돋보이게 하는
황금빛
솔솔 부는 바람에
살랑살랑 내려
소복이 쌓이면

노란 주단을
깔아 놓은 듯
살포시 주려 밟고
가노라면
황제 되어
상승한 기분

참새 죽음

수십 년 전 참새를
유리창에 부딪혀
세상 떠나게
만든 일이 있었다

언니네 1층 아파트
집 안으로 새 한 마리가
베란다와 욕실을
휘저으며
날아다니고 있어
소리치고 창문을 닫는 순간
참새는
더 놀라 도망가려다
머리 박아 떨어졌다

죄책감에
화단에 묻어주고
한동안 마음이
아팠는데

참새만 보면

후회하게 된다

해외여행

가방 속에 설렘
가득 담아
어느덧
그곳에 가 있네

파노라마 풍경처럼
스쳐
곳곳의 배경 화면

상상 속의 사진
내 마음 흥분되네

삶의 정원

시간의 흐름
나이대로 속도가 가네

몸은 세월을
받아들이고 있지만
마음은 청춘

수십 년 가꾸어 온
나만의 정원
끝자락에 왔지만

아직은 미완성

못생긴 메주

큰 무쇠솥 가득
아궁이 장작불에
노란 콩 삶아

부모님
주거니 받거니
절구질에

못생긴 메주 빚어
새끼 끈에 매달아
놓으면

곰팡냄새에
코 막고 다니던
그 시절 그리워

어머니 손길

가늘고 작은 손
아침에 일어나면
"뚝딱"

맛있는 떡
맛있는 묵

하굣길 집에 오면
각자의 이불
깨끗이 꿰매어

우리 마음
청결해지네

왜소한 몸이지만
손길만은
마술사

늦가을 비

늦가을 비
몹시 화가 난 듯

여름비보다 강한
태풍이 인간에게
화풀이하듯
몰고 와
휘젓고

어느 누구도
진정시킬 수 없어

조용히 숨죽이며
바라만 보네

일편단심

쭉 뻗은 몸체가
좁은 골목길에 서서
어린 나를 보호하듯

웃어주던 일편단심
해바라기

많은 꽃 중에
옆에 앉아 소꿉놀이
어린 시절
향수에 졌네

눈 꽃송이

소리 없이 내리는
흰 꽃송이
손끝에 닿으면 사라져
발밑에 쌓이네

인사동 거리
오고 가는 인파에
흰 꽃송이
검게 멍들어
흩어지네

꽃송이 합쳐
눈사람 만들어
붙잡고 싶네

인생은 방향이다

수십 년 달려온 길
속도는 계산이
아니 되고

방향만이 높이
계산되네

걸어온 길은
아직 미완성

어느 시점에
완성은
되겠지?

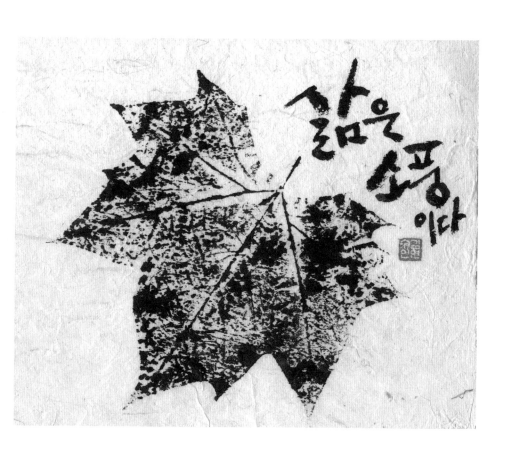

집 안의 반딧불

캄캄한 밤
전등을 끄면

방, 마루, 부엌 온통
반딧불이 빛나고

전등불 꺼져도
위치를 안내하듯
반짝반짝

어린 시절
시골집 개똥벌레
연상케 하네

엉겅퀴

둑길 거닐다가
보랏빛 밝은 표정에
발길 멈추네

너의 모습
까칠하면서도
화려하지만

너의 몸속은
많은 성분이
많은 이에게 도움 주니

영원히
사랑하리

제4부

온 인생 하루

두 마음

내 마음은
긍정과 부정
끌어당기려
저울질하네

머릿속 계산은
밀당 중

나답게 살기 위한
도전은

긍정적인
시각을 갖고
살아야 하지만

가끔 부정적인
마음 밀려오네

작약(芍藥)

새색시 한복
곱게 입고
다소곳이 앉아
미소 지으며

아파트 화단을
왕궁처럼
돋보이게 하네

자동문 출입할 때
마주 보며 웃어
그날 하루
활기찬 생활이
시작된다

인연

수없이 많은
인연들

살아오면서
좋은 인연
그렇지 못한 인연

모두 다
애틋하게 느껴지는 건
세월의 흐름 때문

모두 영상처럼
떠올라
그리워진다

至福까지란
행복

개나리꽃 울타리

개나리꽃 울타리
동생들과 소꿉놀이
놀던 시절

조개껍질 그릇에
밥은 모래
반찬은 개나리꽃

서로 상차림에
바쁜 손놀림
어느덧
어린 시절 흘러 흘러

어린 손녀들의
소꿉놀이 볼
나이가 되었네

겨울 저수지

푸르던 그 물빛이
어느새 투명한
유리가 되었네

얼음장 밑에서는
별천지가 열렸는데

낚시꾼들
유리 같은 얼음 뚫어
낚싯대로 휘저어
잠자는 친구들
흩어지게 하네

눈꽃

밤을 지새우며 피어난
하얀 꽃송이

앙상한 가지에 피어난
순결한 사랑

모든 이를 사랑으로
감싸주는 축복의 꽃

어느 누구도
방해할 수 없어
소리 없이 먼발치에서
바라만 보니

내 마음 설레게 하네

북한산

숲속 맑은 계곡
산행하다 지치면
바위에 걸터앉아

졸졸 흐르는
물소리
새소리에

정신도 맑아지고
모든 신음
사라지네

솔솔 부는 바람
나의 후각을
취하게 하네

구절초

향기 그윽한 오솔길
온통 하얀색 물결이
일렁이며

은은한 매력
가을 축제를 벌이고
있네

들국화 중
국가대표

청아하고 소박한
어머니 자태

바람에 한들한들
흔들리며
맑은 향기에

구절초 유래를
회상하게 하네

꽃무릇

속눈썹 길게 올리고
그윽한 자태로

정원의 여왕이
되려 하네

소박한 많은
친구 속에 묻혀
화려함에
붉은빛 자태
더욱 빛나네

겨울 바다

밀려오는 파도는
사계절이 같은데

겨울 파도는
유난히도
우렁차고 매섭게
울려 퍼져

모래사장을 걸어가는

나의 마음이
더욱더 쓸쓸해

녹음의 계절

봄과 여름
모든 식물이 우거진 숲
녹색을 유난히
좋아해

모든 물건 선택에도
제일 먼저
시선이 가는 색

욕심 평화 안전
뜻이 담긴 색

다른 색으로 눈 돌려 보아도
역시 녹색뿐

나의 탄생이 사월이라
그런 생각?

행운꿀꿀이

작지만 빛나고
듬직한 꿀꿀이

생일 선물로 받아
더 귀엽네

복이 된다고 하여
펜던트로 탄생

목에 데리고
다닐 수 없지만
널 소중히
간직하리

똥고집

평생 동행한 고집
누가 뭐래도
고쳐지지 않네

좋은 고집만
지니려고 하지만
똥고집은
자신도 물리치지
못하고 잡히며 사네

더불어

나만 바라보고 사는 생명들

동물처럼 매일
돌보아주지 않아도

주일마다 물만 줘도
잘 크고 보답해 주는
소중한 아이들

수십 가지 화분이
베란다에서 건강하게
잘 자라고

계절마다
교대로 환한 꽃을
보여주는 아이들

나만 보면 미소 지으며
바라본다

촌 인생 하루

일 분 일 초가
신선한 하루

어제와 결별
새로운 하루를
가늠하는 시간

매일 반복되는
시간이지만

순간의 삶이
윤택하고 보람찬
온 인생 하루가
나의 내공을
쌓아간다

수국의 향기

새소리에 창문을 여니
수국의 향기가 나듯

시각과 후각을
상쾌하게 하네

하얀 꽃 꽃말
관용과 에너지 정화

분홍색 꽃말
강한 사랑

보라색 꽃말
참을성 지적 인내

초록색 꽃말
한결같은 사랑

푸른색 꽃말
변덕 바람기

향기도 열매도
없지만

풍성하고 화려함에
마음 주리

무지개

월요일 보라
화요일 빨강
수요일 노랑
목요일 파랑

금요일 초록
토요일 남색
일요일 주홍

무지개 나날은
그날그날의
자연의 빛으로
다가오는
기쁨의 영상

시각으로만
느끼는 화려함에
더욱 아름답다

나만이 느끼는

빛의 느낌일까?

소중한 오늘
갤러리

봄소식

순수

솔향기

평온

시작

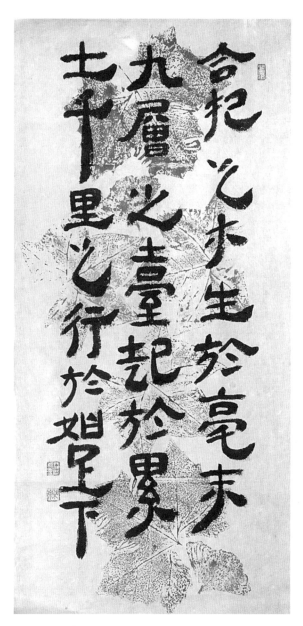

합포지목생어호말 구층지대기어루 토천리지행어시
족하(노자)

아름드리 나무도 터끌같은 씨앗에서 나오고, 높은누대도 한무더기를 쌓
는데서 시작되고, 천리길도한걸음에서 시작된다.

人之生也柔弱 其死也堅强

인지생야우야 기사야견강(노자)

부드러움이 강함을 이긴다.

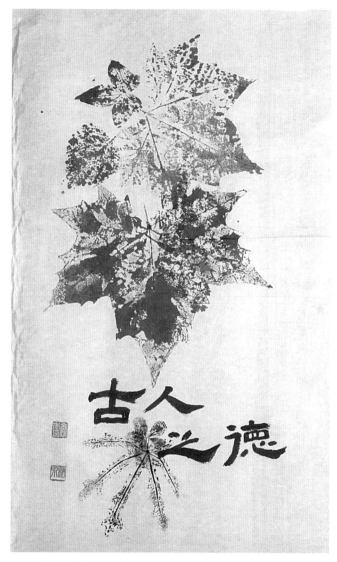

고인지덕(서경)

옛 성인들의 덕을 기리다.

지인자지 자지지명(노자)

남을 아는 자는 지혜롭고, 스스로 아는 자는 명철하다.

몽

삶은 부메랑

행복 가득

청락

맑은 즐거움

거복

커다란행복

분사난
참는 마음

청령

맑고 편안함

화가가 글을 쓰기란 참 어렵습니다.

자신의 삶을 시각적으로 표현하는 게 훨씬 쉽기 때문입니다.

그래서 화가에게 글이란 도전입니다.

도전에 성공하신 김연수 화가는

도전을 통해 자신의 한계를 뛰어넘어 오신 듯합니다.

글을 보면 그 사람의 삶을 살펴볼 수 있습니다.

자신이 살아온 삶이 글에 녹아들기 때문입니다.

글을 읽을 때면 저도 모르게 입가에 미소가 어립니다.

순수한 동심으로 돌아간 기분이 들기 때문입니다.

자신의 열정을 소중히 지켜온 작가의 삶이 그대로 느껴집니다.

삶은 예상할 수 없는 불확실성의 연속입니다.

그 안에서 도전하고 부딪치며

자신의 삶을 그대로 유지한다는 것은 결코 쉬운 일이 아닙니다.

오늘 글에서 만난 김연수 작가님이 보여주신

용기와 순수함은 많은 이들의 가슴에 큰 울림이 되실 것입니다.

그 울림을 모두 함께 느껴 보시면 좋겠습니다.

오늘도, 앞으로도

김연수 작가님을 늘 응원하겠습니다!

(사)한국미술협회 이사장 이광수

먼저, 김연수 작가님의 시화집 『소중한 오늘』 발간을 축하드립니다.

예술인의 길을 걷는 모든 작가분은 예술가로서 삶이 절대 쉽지 않다는 것을 누구보다도 잘 알고 있을 것입니다.

오늘 시화집을 발간하는 김연수 작가님도 예술가로서 절대 쉽지 않은 길을 묵묵히 걸어오시면서, 본인의 작품세계를 한 땀 한 땀 엮어 자신만의 작품세계를 창작해 오셨습니다.

김 작가님께서는 어려운 환경 속에서도 일직 미술을 전공하시고, 이를 문학에 접목하려는 시도를 오랫동안 추진해왔습니다. 어떻게 보면 요즘 산업·경제에서 흔히들 일컫는 '융합(fusion)'을 예술계에 도입하셨다고 생각됩니다.

바쁘게 돌아가는 현대사회에서 김 작가님의 시화집이 '겨울 저수지'처럼 고요하고 서정적인 감동을 통해 모든 독자에게 마음의 평화와 행복이 살며시 내려앉기를 기대합니다.

(사)한국예술문화단체총연합회
회장 이범헌

    김연수 작가를 만난 지가 스무 해 하고도 수년이 지났습니다.

    그는 그동안 많은 그림과 글을 써오며, 자연에 감사하고 작은 것에도 깊은 관심과 사색들이 평상 같은 작품으로 나타나고 있습니다.

    같은 길을 걸어가며 지켜본 김연수 작가는 예술의 험난한 고행 후에 어렵게 작품을 만들어 내는 것이 아니라, 인생을 즐기는 넘치지도 부족하지도 않은 평온한 작품 활동을 꾸준히 해오고 있습니다.

    깊은 산 속에 들어가면 위에서 아래로 흐르는 것이 아니라 땅속에서 솟아오르는 샘이 있습니다.

    나름대로 이름을 가지고 있는 것도 있지만 이름이 없는 샘도 많이 있답니다. 그 가운데 발원지라는 의미가 주어지는 샘은 아주 특별해집니다.

    시를 그림처럼 그림을 시처럼, 아니 그림과 시를 하나의 작품으로 탄생시키는 김연수 작가에게 특별한 의미를 부여하니 항상 행복이 함께하며 오래오래 좋은 작품 하길 응원합니다.

대진대학교 문화예술개발원

원장 이시규

　우리는 다양한 문제에 직면하면서 살아간다. 인생이란 늘 문제의 연속이고, 생각의 연장이다. 이 시대의 방향은 기술향상이다.

　그러나 정신의 세계는 물질이 풍족하고, 기술이 발달할수록 홀로인 정서가 많다. 그러다 보니 인간미에 더 많은 갈증을 느끼는 것은 아닐까?

　문제가 다가오면 난 그 문제의 해결사가 된다. 그러나 문제를 알지도 느끼지도 못하고 지나치는 삶이 간혹 있다.

　그러나 이 작가에게서 느끼는 정서는 "배우니 부족함에 목말라 하게 되고, 부족함에 배움을 열어가는" 갈무리의 삶이 나의 발걸음을 머물게 한다.

　"자주 옮겨 심은 나무는 제 자리를 지킨 나무보다 절대 번성하지 못한다."는 말이 있다. 작가의 굵은 삶의 패임은 긴 세월 오로지 외길만을 고집한 가치가 아닐까?

희철 스님

유난히 덥던 여름도 지나고
잠시 앉아 있는 동안 초록 초록한 나무 사이로
보이는 하늘이 너무 좋은 계절입니다.

많은 시간을 함께한 후배 님이 시집을
낸다기에 너무 기쁘고 감동을 하였답니다.

훌륭하신 선생님을 만나 꾸준히 멈추지 않고
공부한 결과 아름다운 주인공이 되어줘서
너무 축하드립니다.

항상 긍정적으로 옆에서 잘 도와주신
가족님에게도 감사드립니다.

같은 것을 좋아하는 진정한 우정 영원하기를 바라며
가내 항상 건강과 행복 가득하기를 바랍니다.

참솔, 최순희

소중한 오늘